狐狸大侦探系列

〔英〕亚当·弗罗斯特 著
〔英〕艾米莉·福克斯 绘
张法云 译

人民文学出版社
PEOPLE'S LITERATURE PUBLISHING HOUSE

著作权合同登记:图字 01-2023-1435 号

Author: Adam Frost, Illustrator: Emily Fox
Title: A Trail of Trickery

First published in Great Britain 2016 by Little Tiger, an imprint of Little Tiger Press Limited.

图书在版编目(CIP)数据

诡计又诡计 / (英)亚当・弗罗斯特著 ; (英)艾米莉・福克斯绘 ; 张法云译. -- 北京 : 人民文学出版社, 2024. --(狐狸大侦探系列). -- ISBN 978-7-02-018716-4

Ⅰ. I561. 84

中国国家版本馆 CIP 数据核字第 20249HP176 号

责任编辑　**卜艳冰　杨　芹**
装帧设计　**李苗苗**

出版发行　**人民文学出版社**
社　　址　**北京市朝内大街 166 号**
邮政编码　**100705**

印　　制　**山东新华印务有限公司**
经　　销　**全国新华书店等**

字　　数　**62 千字**
开　　本　**787 毫米×1092 毫米　1/32**
印　　张　**3.875**
版　　次　**2024 年 7 月北京第 1 版**
印　　次　**2024 年 7 月第 1 次印刷**

书　　号　**978-7-02-018716-4**
定　　价　**29.00 元**

谨以此书献给伊弗和梅芙·巴比奇。

——亚当·弗罗斯特

谨以此书献给我的哥哥麦克·福克斯菲斯。

——艾米莉·福克斯

目录

格里芬剧院

主 演
田鼠弗拉米
逃离恐怖庄园
真是令人毛骨悚然！
——《日报文摘》
今日
演出取消

帷幕升起

狐狸威利是全世界最伟大的侦探，他站在伦敦格里芬剧院外，正盯着一张海报看。此时是星期二的下午两点。通常这个时候，日场演出刚刚开始，但今天例外。正像海报上所说，今天的《逃离恐怖庄园》演出已取消。

威利走到舞台门口，敲了敲门。开门的是剧院管理员——一只年迈的猫鼬，身上约莫穿了九层衣服。

“啊，狐狸威利，兔子罗德克说过你要来。谁会想到呢，格里芬剧院会有鬼，一个真正的鬼魂！”

“看来确实如此。”威利说着，走了进去。

“我的意思是，那些演员以前也说过在这里见过鬼，”猫鼬边说，边领着威利走下一段台阶，“比如看见无头鬣（liè）狗、透明的羊之类的，但还从来没有鬼魂出现在舞台上——出现在观众面前！”

猫鼬领着威利穿过一组双开门，来到前排座位，一只兔子正坐在第一排，一边咬着指甲一边自言自语。他穿着一件佩斯利花纹[①]的背心，戴着一条长长的红色围巾。看到威利来了，他一下子跳了起来。

“狐狸先生，”兔子喊道，“你能过来真是太感谢了！”他拥抱了威利，亲吻了他的双颊。

威利僵硬地清了清嗓子，说：“别客气。”

猫鼬已经不见了踪影，兔子开始讲述他的遭遇。

---

① 一种经典的复古花纹，形似腰果。

“我是兔子罗德克·阿洛斯，《逃离恐怖庄园》的制作人兼导演，这部话剧讲述了一段能令观众毛骨悚然、神经紧张的旅程，能让你感受到内心深处最黑暗的恐惧。”

“我可没那么容易被吓到。”威利说。

“这也许能测试一下你的勇气如何，”罗德克说，“我来布置场景。”

兔子跳上舞台，身后慢慢出现了精心制作的

布景：一座大庄园的门厅。

“上个星期六晚上，一切都很正常。到最后一幕的结尾——鬼魂最后一次露面时，演员们聚集在舞台的这一边。”罗德克一边说，一边跳到了舞台的左手边，“沙鼠格洛丽亚念出了她的台词：‘也许我们终于摆脱这个恶鬼了。’就在这时，‘轰隆隆’的雷声在耳边响起，一道闪电划破夜空，一个鬼魂登上了舞台。”

罗德克指了指布景另一边的门。

“通常这时会是身穿盔甲的弗拉米上台，”罗德克说，“但是上个星期六晚上，我们看到的是一个发着光的奇怪身影，裹着白布在舞台上空盘旋，发出刺耳的尖叫声后就消失了。”

“奇怪。”威利说。

“一开始，演员们仍然继续表演，”罗德克说，“他们以为那是穿着特别服装的弗拉米。弗拉米对待表演可是非常认真的。然而，演出结束后，大家却发现他躲在自己的更衣室橱柜里。鬼魂来过后台，把他吓坏了，然后顶替他上台了。第二天晚上，演员们拒绝继续演出。”

“剧院搜查过了吗？”

“当然，”罗德克说，“但是没有发现鬼魂的踪迹，它简直是来无影去无踪。”

“所以，这只是一个恶作剧。”威利说。

“但那会是谁呢？为什么要这么做？”罗德克抗议道，“我对别人向来很温和，从来没有敌人。此外，演员们都说那个鬼魂看起来如此真实。他们在平时就很迷信，现在更觉得这部话剧被诅咒了。”

“好吧，我可不相信什么诅咒，也不相信有鬼魂。”威利说。

“也许你是对的，”罗德克说，“但我不得不说，我现在也相信他们所说的了。这部话剧已经蒙上了一层阴影，而且我会因此破产的！”

“那么你需要我做什么呢？”威利问道。

“当然是找到那个鬼魂啊。”罗德克说，“今天的演出已经不得不取消。或许再取消几场，我还能承受。但是这个星期六，演出必须继续！否则，我所有的积蓄都会花光！我的名声将毁于一旦！狐狸先生，请务必在星期六之前找出那个鬼魂，让它从哪儿来，回哪儿去！”

他双手抱头，大哭起来。

威利爬上舞台，递给罗德克一块手帕。

“你真是太好了，”罗德克大声擤（xǐng）着鼻涕说，“好在我让演员们保证不会将此事说出去。如果观众知道剧院闹鬼，肯定也不会来了。”

“你让演员保守秘密，这行得通吗？”威利问道。

“暂时没问题。”罗德克说，“这也是我想尽快找出鬼魂的另一个原因，演员们可都是大嘴巴。”

威利环视了一下剧院，说：“你知道我是个侦探，可不是捉鬼大师，对吧？”

“大多数捉鬼大师都是冒牌货，”罗德克回答说，“很多事就是他们自导自演的，我太了解了。我要找的就是一个能干的侦探，一个能解开谜团的侦探。”

威利点了点头，一边检查舞台，一边说道：“让我们来看看，你说的鬼魂是否真的消失得无影无踪了。”

他走到罗德克声称鬼魂出现的地方。

“从上星期六晚上到现在，你们动过这里的东西吗？”威利问道。

“很遗憾，有动过，”罗德克说，“我当时太慌乱了，考虑不周。事发后，我们把所有道具都挪到了后台，管理员还打扫过地板。”

威利拿出放大镜，蹲了下来，在舞台的地板上搜寻毛发、指纹和衣服线头等，但他什么也没有找到。

“真可惜，管理员的工作做得太好了。”威利喃喃自语。

威利一边搜寻，一边想着罗德克所说过的话。他试图对鬼魂保持开放态度，没有证据表明它们确实存在，但也没有证据表明它们不存在。

这个鬼魂是哪种情况呢？是真的，还是假扮的？

突然，他发现地板之间有什么东西在闪闪发光。

他蹲下来，透过放大镜看了看，那儿有一小条亮白色的布料嵌在两块地板中间。威利拉着布条的一端，用力将其拽了出来。当这块布料来到光亮之下时，它就变成了黑色。

“也许它是那个鬼魂留下的。”威利说。

“这是什么布料？”罗德克问道。

“我不确定，”威利说，“但是你在黑暗中能看到它发光。”

威利捧着那块布料，用双手将它捂起来，透过指缝向里看，只见布料亮起了白光。

“哇哦，”罗德里惊讶地倒吸了一口气说，“难道它是来自……冥界的吗？”

“呃，”威利说，“我想它来自某家商店。”

威利把布料放进一个小塑料袋里。“我会请我的朋友艾伯特分析一下。”

然后，威利掀起舞台中央的一块小地毯，露出了一扇活板门。

“这门可以追溯到一百多年前英国维多利亚时代，”罗德克说，“我觉得这个机关已经不起作用了。”

“好吧，最近有谁用过它，”威利说，“这边上的灰尘都被拂乱了。”

威利打开活板门，跳进了下面黑漆漆的小房间，仔细观察活板门的机关。

“看起来，齿轮好像刚刚上过油。”威利对罗德克喊道。

“这不是我们干的。”罗德克喊道。

“这个鬼魂要么神通广大，”威利跳上舞台说，“要么在这世上还有帮手。”

威利又爬上舞台一侧的梯子，检查了灯光设备。

他看了看《第三幕：鬼魂登台》的舞台灯光计划。

原定灯光计划如下：

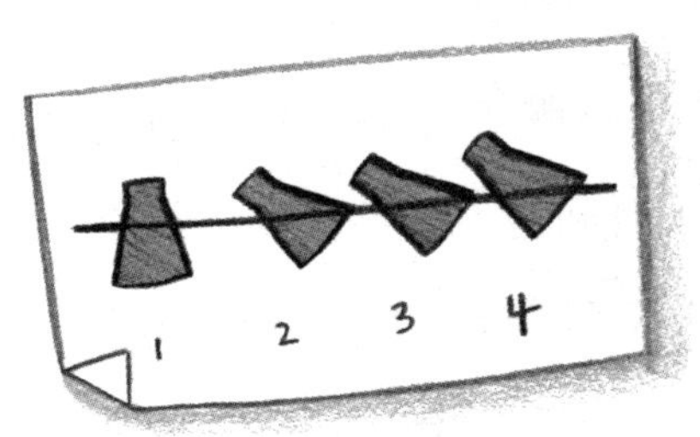

然而现在灯架上灯的位置是这样的：

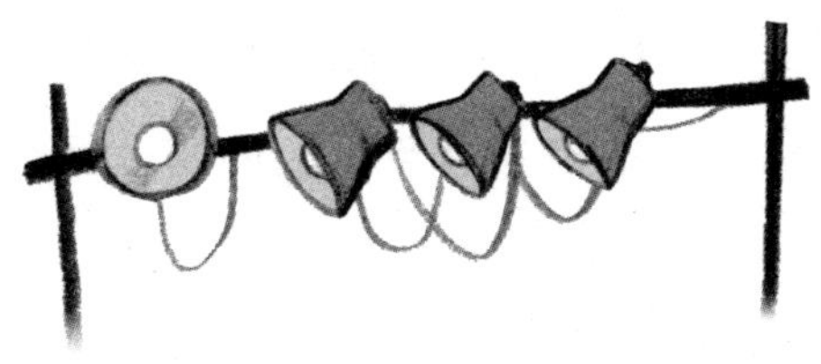

“从上星期六晚上到现在，有谁调整过这些灯吗?”威利对着下面大声喊道。

“没有!”罗德克喊道，“舞台工作人员谁也不愿意回来。”

果然，威利心想，第三幕结束时，鬼魂本应该处于聚光灯下，但是不知道是谁改变了灯的照射方向，使得舞台上没有一盏灯是对着鬼魂的。这样就能使“那位演员”处在黑暗之中。

“上星期六晚上是谁在这里负责灯光的?”威利爬下梯子时问道。

“灯光不需要谁负责，”罗德克说，“都是预先编程好的。我们只需要在演出开始时按下控制台上的一个按钮，灯光就会自行移动。”他指着舞台侧面的大面板。

威利走过去查看，再次拿出放大镜，在两个滑块之间又发现了一团发光的布料。他把它拽了出来，放进证据袋里。

“看起来，原来的舞台灯光编程被动了手脚。”

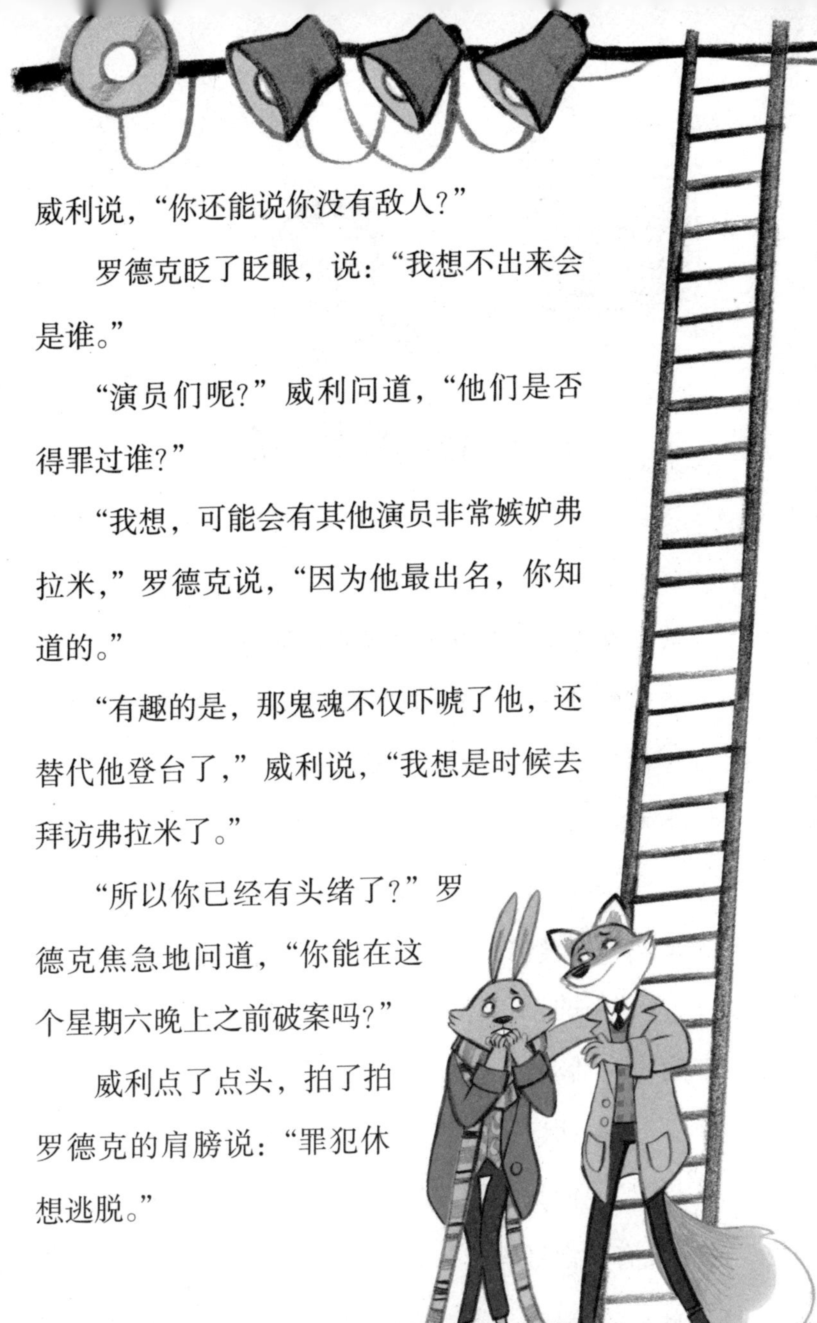

威利说，“你还能说你没有敌人？”

罗德克眨了眨眼，说：“我想不出来会是谁。”

“演员们呢？”威利问道，“他们是否得罪过谁？”

“我想，可能会有其他演员非常嫉妒弗拉米，”罗德克说，“因为他最出名，你知道的。”

“有趣的是，那鬼魂不仅吓唬了他，还替代他登台了，”威利说，“我想是时候去拜访弗拉米了。”

“所以你已经有头绪了？”罗德克焦急地问道，“你能在这个星期六晚上之前破案吗？”

威利点了点头，拍了拍罗德克的肩膀说：“罪犯休想逃脱。”

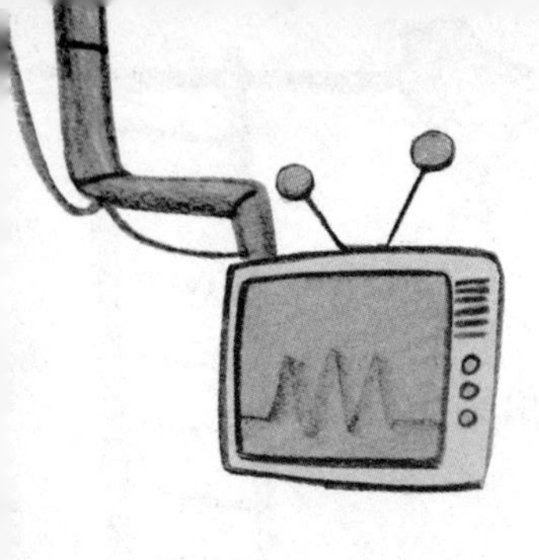

威利受惊

威利站在鼹鼠艾伯特的实验室里，看着那一排电脑屏幕。艾伯特是威利的得力助手，他的实验室位于地下深处，在威利办公室下方一百多米处。

“艾伯特，你已经调查过罗德克、弗拉米、其他演员和舞台工作人员了吗？”威利问道。

“是的，”艾伯特说，“没有发现犯罪记录，没有可疑活动。”

“电话记录呢？”

“他们只给朋友和亲戚打过电话，”艾伯特说，“没有异常号码。”

“那会是谁干的?”威利喃喃自语。

“嗯……威利,”艾伯特说,“我不想让你担心,但我不得不说,也可能真的是鬼。”

“线索并没有指向那个方向,”威利说,“那些灯光设备被动了手脚,那些发光的布料也说明并不是什么鬼魂。”

“我知道,”艾伯特说,“我正在分析这个布料。但是,万一你要对付的是超自然生物,那么你可能需要这些……”

他拉开桌子的抽屉,露出了一袋灰色的子弹和一把激光枪。

威利拿起那袋子弹。

“这些是超强烟幕弹,”艾伯特说,“如果你需要迅速逃离,可以扔出烟幕弹,制造一场小型龙卷风。”

“那这个呢?”威利拿着激光枪问道。

“这是一把速效粒子冷冻枪。”艾伯特说。

“它能把任何会动的东西立马冻结成冰,对气体也管用。所以，我想它应该也能对鬼魂起作用。蓝色按钮是‘冷冻’，红色按钮是‘解冻’。在这只甲虫身上测试一下吧。”艾伯特指着一只在地板上爬行的甲虫说。

威利对准甲虫按下了枪柄上的蓝色按钮。枪里传来一阵“嗡嗡”的声音，然后，一道锯齿状

的蓝光从枪管中射出，那只甲虫立刻被冻住了，周身包裹着带有冰裂纹的晶体。

“现在解冻。”艾伯特说。

威利按下枪柄上的红色按钮，一道锯齿状的深红色光束从枪管中射出，甲虫一溜烟地逃走了。

他们看着甲虫离开时，艾伯特的所有屏幕上都出现了罗德克的头像。

“他拨打了紧急电话，”艾伯特说，“情况一定很严重。”

“接吧。”威利说。

罗德克说话时眼里噙着泪水。“大门外有好多记者，”他哀号道，“肯定有谁把消息告诉了媒体。”

“好吧，”威利说，“冷静点儿。不管他们问什么，你就说‘无可奉告’。”

罗德克的耳朵因哭泣而抽搐，他说：“这正是我担心的事情，这样大家都会认为剧院真的闹鬼了。”

“我正在调查这个案子，”威利说，“我会弄清楚那个鬼魂是谁，然后把真相告诉全世界。”

结束和罗德克通话后，威利转向艾伯特，说：“找出是谁向媒体爆料的。”

艾伯特按下一个按钮，各个屏幕上显示出了不同的网站或电视节目。他扫视屏幕，留意每一处提到格里芬剧院的地方。

几秒钟后，艾伯特指着《日报精选》的网站说：“看这里。”

“这篇报道的发表时间是今天下午四点，”艾伯特说，“比其他的都早。”

“再查一下演员的电话记录，”威利说，“看看他们中是否有谁联系过《日报精选》。”

威利阅读了那篇报道的开头部分，撰稿记者是鸽子皮特。

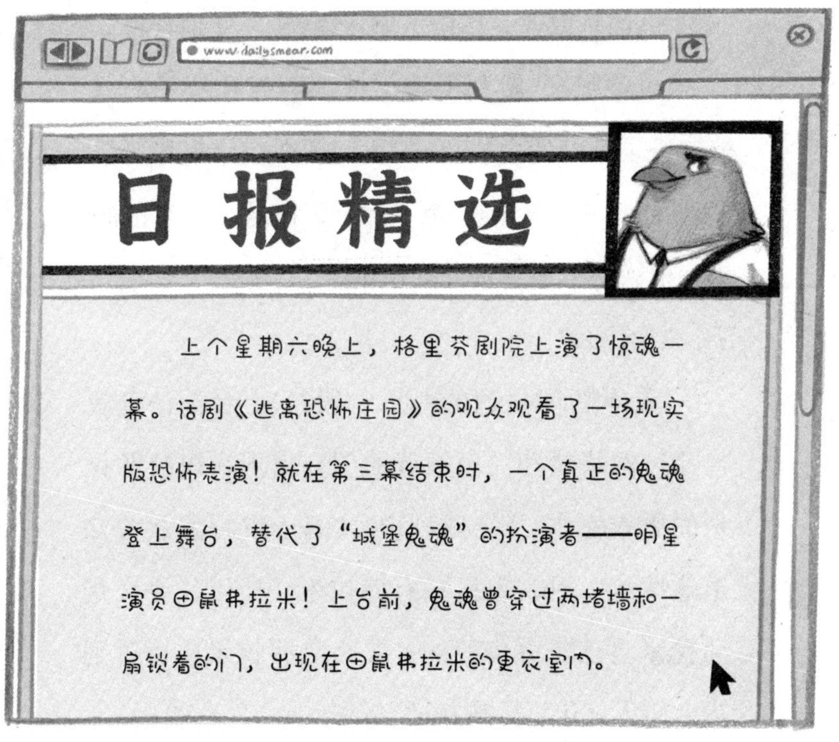

“今天下午，演员们没有打过电话。”艾伯特说。

“啊，”威利说，“那么鸽子皮特是怎么知道鬼魂之事的呢？肯定有谁告诉了他。但那又是谁呢？为什么要这么做呢？”

“也许是鬼魂去拜访了鸽子皮特。”艾伯特说。

“也许吧。”威利说着，把烟幕弹和粒子冷冻枪放进了外套的内袋里，“我们现在应该先尽可能多地了解一下鸽子皮特。至于弗拉米，我真的很想和他谈谈，他有重大的嫌疑。”

“为什么？”

“看看新闻报道的最后一段：‘上台前，鬼魂曾穿过两堵墙和一扇锁着的门，出现在田鼠弗拉米的更衣室内。’”威利说，“鸽子皮特怎么会知道这些的？更衣室里只有弗拉米。所以，要么是弗拉米自己告诉皮特的，要么是弗拉米告诉过别人，别人又告诉了皮特。”

艾伯特点了点头。

“不管怎么样，”威利说，“我都要去会会他。”

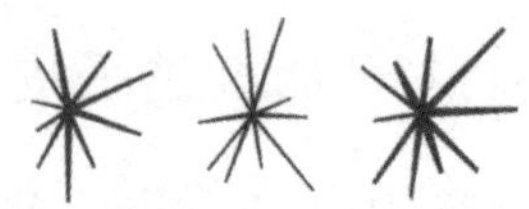

弗拉米的公寓距离威利的办公室有五分钟的车程。当威利搭乘的出租车驶入傍晚的薄雾中时，他看到拐角处有一家报摊。外面的告示牌上写着："大出风头的鬼魂。"在下一个拐角处，有一家电子商品店，橱窗里的电视机全在播放这个新闻："格里芬剧院的舞台出现鬼魂！"到处都在传播这个事件。

弗拉米的公寓就在大英博物馆后面的一栋大楼里。威利敲了敲门，然后在那儿等着。

"谁啊？"一个怯生生的声音问道。

"狐狸威利，"威利说，"我是一名侦探。"

"我怎么知道你是不是鬼魂呢？"门后的声音说。

威利把侦探的徽章举到门中央的猫眼前，说："鬼魂不会带着这个。"

沉默片刻之后，威利听到一个接一个门闩滑动的声音，还有取下链条时发出的"叮叮当当"的声音。

一只矮胖的田鼠把门打开一条小缝，盯着威利看了一会儿，然后示意他进去。

威利进入了一间只有一个卧室的狭小公寓。墙上挂满了弗拉米在不同话剧中的剧照。角落里有一个很大的橡木衣橱，橱门开着，里面塞着一张床垫。

“这个睡觉的地方比较奇怪嘛。”威利说。

“现在，我觉得那里是最安全的。”弗拉米说。

“难道鬼魂不能穿过衣橱的门吗？”威利问道。

弗拉米僵住了，好像他从来没有考虑过这一点。

“没关系，”威利很快补充道，“你看到的其实不是鬼魂，我需要你帮助我查出他是谁。”

威利把弗拉米上下打量一遍，似乎他真的

很害怕，看起来不像参与了犯罪或阴谋。但话说回来，弗拉米是一名演员，所以他可能很擅长伪装。

“告诉我那天晚上到底发生了什么。”威利说。

“好的，”弗拉米倒吸了一口气说，“我当时在更衣室里做拉伸和发声练习。突然，灯熄灭了。我没有听到开门或关门的声音，所以不知道它是怎么进来的。我转过身来，看到它就在那里，一个巨大的发着光的东西，两眼通红。它发出可怕的尖叫声，然后朝我伸出了一只爪子。”

弗拉米浑身在发抖，额头上冒出了汗水。

“爪子？”威利问道。

“是的，就像是骷髅的手。只是，那只爪子是黑色的。”

“然后呢？”

“我不敢再看了，”弗拉米说，“于是就逃进了橱柜里。”

“这事你还告诉过谁？”威利问道。

“没有对谁说过。哦，沙鼠格洛丽亚是这部剧的女主角，她进来找过我，但我并没有告诉她发生了什么。”

“为什么不说呢？”

“罗德克没有告诉你吗？”弗拉米说，“我当时太害怕了，说不出话来。当格洛丽亚问我是否见过鬼魂时，我只点了点头，仅此而已。从那以后，我再也没有和别人说过一句话。嗯，直到我刚才和你说话。”

弗拉米用手帕擦了擦额头，说：“我必须说，现在有你来调查这个案子，我觉得安全多了。”

突然，房间陷入一片黑暗。弗拉米尖叫起来。

“没事的。”威利轻声说。

“他来了！”弗拉米尖叫道。

房间的一个角落里出现了一个发光的东西。

它的身体好像披着一件白色斗篷，头顶上有两只红色的小眼睛。它的脚边冒着烟，这让它看起来好像是悬浮在地板上方的。它慢慢地靠近威利，用一只瘦骨嶙峋的爪子指着威利。然后它发出了一声令人毛骨悚然的尖叫，听得威利脖子后面的毛都竖了起来。

“我还在想你什么时候会出现呢！”威利一边低吼着，一边迅速从上衣口袋里掏出粒子冷冻枪。

鬼魂似乎意识到自己将要遭受攻击，因为那时斗篷里伸出了一根手杖。当手杖挥过来时，威利迅速躲开了。然后，他按下粒子冷冻枪上的蓝色按钮。一道闪光从枪管口射出，击中了鬼魂身后的墙壁，在墙上留下了一层冰。

鬼魂再次发出了一声尖锐的号叫，然后逃跑了。威利跟在它后面追，一边跑一边用他的粒子冷冻枪又开了一枪。鬼魂再次挥动手杖，击中了威利的手臂。

“作为一个鬼魂，你的精力还挺旺盛呀。”威

利低吼道。

威利跟着鬼魂跑进了空旷的广场。但跑着跑着，威利停了下来，完了，伦敦的薄雾变成了浓雾。浓雾中，他看到有三个发光的物体朝着不同的方向前进，他应该追哪一个呢？

威利拿出他的侦探手机，打开了双筒望远镜应用程序。他对准第一个发光物体放大观察，原来那是一辆摩托车的大灯。第二个物体是一只老水獭，她打着手电筒，步履蹒跚地往家里走。他将望远镜对准第三个物体，但还没来得及看清楚，那个物体就消失了。

威利朝那个方向跑去，很快，一道亮光出现在他面前。从那个光影的形状和移动方式来看，可以肯定它就是那个鬼魂。

威利追了上去。

它拐了个弯，威利也跟着拐过去。有那么一会儿，他几乎快把目标跟丢了，因为雾中出现了更多的光源，那是路灯的黄色光晕和自行车灯的红色光亮。他目不转睛地盯着那个鬼魂的模糊身影。

当他还差几秒就能追上时，那光亮消失了。他独自站在浓雾之中，屏息静听着。

突然，那个光亮在他面前升起，让他感到一阵炫目。那鬼魂刚才一定是躲在汽车或墙后。威利再次被手杖击中了。

威利踉踉跄跄地向后退了一下，然后咬紧牙关往前冲。他已紧紧抓住一个东西又用力向后拉，那是一个公文包。

鬼魂也在使劲拉，不肯松手。

“这位先生，介意我检查一下您的包吗?”威利低吼道。

然后，公文包被拽开了，纸撒了一地。

“鬼魂通常不会随身携带文件啊。”威利自言自语道。

当鬼魂忙着捡文件时，威利掏出了他的粒子冷冻枪。鬼魂再次一边发出尖锐的叫声，一边挥出手杖。就在威利扣动扳机的时候，他被手杖打

晕了。威利看到的最后一幕是一道蓝色的闪光从他的粒子冷冻枪里迅速射出，然后，他的眼前一片漆黑。

威利飞向天空

威利苏醒过来时，发现自己坐在艾伯特实验室的扶手椅里。

他跳了起来，问："发生了什么事？"

"没关系，"艾伯特说，"你只是撞到头昏睡过去了。现在是星期三下午。"

"但是……你是怎么找到我的？"

"我在粒子冷冻枪里放置了一块芯片，这样我就可以随时知道它在哪里，"艾伯特说，"我发现信号消失了，所以知道肯定有事发生。"他指向自己的工作台，粒子冷冻枪轻微弯曲，就放在一套工具旁边。他说："你被击倒时，枪掉了。"

“该死！”威利咆哮道，“我还以为我射中它了。”

“你没有射中它，”艾伯特说，“但你射中了这个。”他举起一捆被冰封住的纸。“我想那个鬼魂没能在雾中找到它们，”艾伯特用手指轻轻敲了敲自己那副厚片眼镜说，“但是我捡到了。”

威利接过文件微笑着说：“干得好，艾伯特。一定是它的公文包打开时，从里面掉出来的。”

他去看那些纸上的文字，文字透过冰层看着有点儿失真。

“把它们解冻吧。”威利说。

“再给我两分钟。”艾伯特说。他捶打、修整那把破损的粒子冷冻枪，最后咧嘴笑着把它交给了威利，说：“完好如新。”

威利用粒子冷冻枪指着那捆纸，按下了解冻按钮。

一道红色的闪光从枪管末端射出，那些纸开始发光。几秒之后，它们就干了。

第一页内容如下：

> 指示PP：星期三下午五点
> 北纬51.5033度，西经0.1197度

“这是坐标，艾伯特，”威利说，“查一下。”

在第一张纸的下面，是哈普古德酒店集团的度假宣传册。

威利翻阅了前几页。“为什么鬼魂会拿着酒店的宣传册？”他大声说，“也许他住在其中一家酒店，或者他曾经在那里住过。”

威利不停地翻阅宣传册。“这个集团经营的酒店专门为夜行动物服务，”他继续说道，“上午九点到下午五点熄灯。晚上七点供应早餐，午夜时分供应午餐。”

“那么，这个罪犯是夜行动物？”艾伯特问道。

“有可能是的，”威利说，“毕竟直至现在，每次这个鬼出现时，外面都很黑。”

艾伯特点了点头，然后瞥了一眼他的电脑屏幕。“那个是观景摩天轮伦敦眼的坐标，”艾伯特揉了揉自己的下巴说，“这真是一个奇怪的会面地点啊，选择观景摩天轮这么公开的场所。”

威利思考了一下，然后说：“除非，他们是在伦敦眼摩天轮的吊舱里见面。”

他又看了看那张纸。

指示PP：星期三下午五点
北纬51.5033度，西经0.1197度

“他提到‘指示PP’，我想知道PP是谁，或者是什么。”

“不清楚。”艾伯特说。

“上面写着星期三下午五点钟，”威利看了看手表说，“艾伯特，现在是下午四点十五分。我得赶过去了！”

“好吧，好吧，但在你出发之前，”艾伯特说，

“呃……我不确定要不要把这个给你——它还是个雏形，但如果你要绕着伦敦眼四处奔忙，你可能需要飞行。”

他递给威利一个小圆盘，看着有点儿像个冰球。

“用拇指按住中间，放在地板上，然后往后站。”

威利照做了，看着那个圆盘弹出了巨大的两翼和玻璃纤维框架。

“悬挂式滑翔机！”威利大声喊道，将它抬离地面。

这也太轻了，只用一根手指就能托起它。

“是的，但还不止这样！它可以从地面直接起飞。”艾伯特说。

“真的吗？”威利问道。

“是的，它就像一只风筝，”艾伯特说，“只要你跑得足够快，风就会从两翼下面快速吹过，将你抬离地面。”

“太棒了，”威利说，“那么我该怎么把它收起来呢？”

“按那边那个按钮。”艾伯特说。

威利按下按钮，滑翔机开始摇晃，然后折叠成了一个小圆盘。威利把它放进裤兜里，并轻轻拍了拍它。

“还是飞过去比较好。”他说。

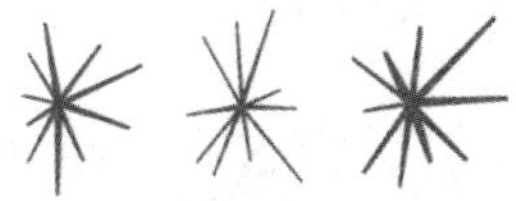

半小时后，威利站在了伦敦眼的下方。他又一次掏出了他的侦探手机，打开双筒望远镜应用程序，对着一个一个吊舱看过去。大多数吊舱里都挤满了穿着花衬衫、拿着相机和旅游指南的游客。其中一个吊舱里正在举行学校派对，似乎想要打破一项世界纪录。塞在那个密闭空间里的动物真多啊，大家的鼻子和爪子都被挤得贴在窗户上，中间的老师正试图阻止大家打架。

然后，威利看到伦敦眼顶部附近的一个吊舱里面只有两只动物。其中一只肯定是鸽子。另一只又高又瘦，他的脸和身体还被一件带兜帽的黑色厚斗篷遮住了。

威利记得那张纸上的信息——“指示 PP”。是指某只鸽子吗？然后，他突然想起前一天《日报精选》上的新闻报道，该报道由鸽子皮特所写。

各种想法涌入他的脑海。有可能是这只动物在剧院里装鬼，然后将这事告诉了鸽子皮特。田鼠弗拉米说，自从闹鬼事件发生后，他就再没有和谁说过话。所以，肯定是那个“鬼魂”告诉记者的。只有那个“鬼魂”知道详细情况。是那个“鬼魂”把事情告诉了皮特吗？现在，他会不会在那个吊舱里向皮特爆料另一件事？

威利需要靠近那个吊舱。

他看了看伦敦眼的排队情况，至少有一百只动物在那儿排队等待。

他抬头看了一眼那个吊舱。如果等他们下来，一切都晚了。他想过使用滑翔机，但那样的话，他们隔着一千米远就能看到他在飞，所以，他需要制定其他策略。

他想起了艾伯特给他的超强烟幕弹。烟幕弹本来是为了帮助他掩盖踪迹、顺利逃脱的，但也许还有其他作用。

他看了看伦敦眼底部的大型发电机，确定没

有谁在朝这边看，于是，他将一颗烟幕弹扔向发电机。顿时，滚滚浓烟涌上天空。

队伍中的一群海狸尖叫道：“着火了！”

伦敦眼的一名工作人员拿出对讲机，对着对讲机大喊。

三秒后，伦敦眼停了下来，广播中传出通知：“刚刚似乎是一台发电机过热，警报解除。”

吊舱里的动物透过玻璃往下看，满脸困惑。

威利跳过栅栏，大步走到售票处。工作人员

太忙了，没看到威利拿走了一件带有反光条纹的工作服。

他穿上工作服，开始往伦敦眼上爬。他从一个吊舱跳到另一个吊舱，接近顶部时，又开始往金属杆上爬。不到一分钟，他已来到了鸽子和戴兜帽的身影所在的吊舱之下。他可以听到里面模糊的说话声。

他把耳朵贴在金属吊舱上。

“《日报精选》……”一个声音说道。

“卡特琳娜……”另一个声音说。

《日报精选》，威利心想，看来里面的鸽子的确就是皮特。

威利打开吊舱侧面的门，扔了一个烟幕弹进去，然后把门关上。

“这下应该会引起一场混乱。”他自言自语道。

吊舱里充满了烟雾，威利能听到里面传出咳嗽和怒吼声。他打算等待十秒钟，然后按下紧急开门按钮。无论谁从烟雾弥漫的吊舱里冲出来，他都能抓个正着。

随后他听到了一阵奇怪的刮擦声。当他爬上吊舱顶部查看时，只见两只动物飞了出来。

他立即从口袋里掏出圆盘，按下按钮，等它展开成悬挂式滑翔机时，就跳了上去。

可是神秘的动物已经飞远了，看起来就像傍晚夜空中的一个黑点。那只鸽子离得还比较近，如果威利快一点儿，就能跟上他。

他拉起滑翔机的机头以便飞得更高。鸽子正向河的对岸飞去。威利飞到鸽子的正上方后，摁下机头往下降。鸽子看到威利来了便向左转，朝大本钟和议会大厦飞去。威利差点儿撞上鸽子的尾巴，他不得不将滑翔机紧急向上拉，正好掠过河面。然后，他压低滑翔机穿过威斯敏斯特大桥，再将滑翔机拉回来向左侧飞去。

鸽子飞到大本钟前面，他拍打翅膀的速度越来越慢。威利驾驶滑翔机对准鸽子所在的位置，像箭一样飞驰过去。鸽子试图转向，但为时已晚，他直接撞到了大本钟的钟面上，一只翅膀卡在了分针下面。

威利停了下来，优雅地降落在时针上，并将滑翔机收了起来。

“你有时间吗？”他对被困的鸽子说。

“这太滑稽了。”鸽子的伦敦口音非常浓重。他用力拉扯翅膀，随即痛苦地抽搐了一下，说：“我的编辑肯定不会喜欢这样。我们要报道的是故事，而不是成为故事。”他低头望向下方聚集的动物。

“听着，皮特。”威利说。

“你怎么会知道我的名字？”

“我并不知道，我只是怀疑，”威利说，“不过

刚才你已证实了我的猜测。如果你回答我的问题，我就放你走。”

“你是谁？警察吗？”鸽子问道。

“不是。你放心，谁也不会知道我们之间的谈话。准备好了吗？”

皮特再次扯了扯翅膀，叹了口气。“我别无选择，是吗？好吧，那你快点儿，免得有哪个家伙拿着长焦距镜头拍到我，让我登上头版新闻。”

“你在伦敦眼摩天轮里见的是谁？”威利问道。

“我不知道他的名字。”

“他是何种动物？”

“我不知道。”

“他长什么样？”

“我不知道。我只知道他戴着兜帽。”

“关于他的事，你什么都不能告诉我吗？”

“他握住我的翅膀摇晃表示迎接时，差点儿把我的翅膀扯下来，他的手就像一个钩子。现在，请你帮我把翅膀从这个东西上弄下来。”

“别着急啊。你为什么要去见他？”

皮特叹了口气。“他本来打算向我爆料另一件事。昨天就是他告诉了我格里芬剧院闹鬼的内幕。他说这一次的故事更精彩，某个私家侦探狐狸被同一个鬼魂吓得要死的故事。等一下！那个侦探就是你，对吗？”

皮特眯着眼睛，用他那只没被困住的翅膀指着威利。

威利笑了，说：“可能吧。听着，我希望你把那个故事刊登出来。如果可以的话，我就放你走。”

“你想把它刊登出来？”

“是的。你就写我们在大本钟上发生了争执，你设法逃脱了。我不想让他知道你告诉过我什么。”

“如果我同意，你会放我走吗？”

威利点了点头。

“这很公平。”皮特说，并伸出他那只自由的翅膀和威利握了握手。

“还有两个问题，”威利说，“卡特琳娜是谁？你那位朋友提到过她。”

“我不知道，”皮特说，“最后，他说他必须打电话给卡特琳娜。我说：‘她在家？她是谁？’他看起来很惊讶，然后他笑着说：‘哦，你不必担心她。’”

“这有点儿奇怪啊，”威利说，“好吧，最后一个问题。你是怎么从吊舱里出来的？”

“我也不知道，”皮特说，“里面全是烟，不是吗？我听到刮擦声和咔嗒声，然后门开了。我抓住机会跳出来了。”

威利把皮特的翅膀从分针下弄了出来，目送他飞走了。

威利心想，那个罪犯想做什么？罪犯通常不希望被公之于众，而他为什么偏要和记者打交道呢？

威利要告诉艾伯特最新进展，于是他按下按钮展开滑翔机，从钟面跳下，朝办公室飞去。大本钟的钟声在他身后回响。

无人的办公室

第二天早上，威利在艾伯特的实验室里与兔子罗德克视频通话。

“我确定那不是鬼魂，”威利说，“他是一个穿着道具服的骗子。他到你的剧院闹鬼，然后又把事情透露给报社记者。”

“所以，泄漏消息的不是我这里的演员？”罗德克焦急地问道。

“我不确定，”威利说，“现在还不清楚这个罪犯到底是什么动物。”

“这太可怕了，”罗德克倒吸了一口气说，“现在是星期四早上。我要在星期六重新开演，但你到现在还不知道是谁干的。”

罗德克的小眼睛里又噙满了泪水。

“别担心，我们有很多有利的线索，”威利说，“我们离破案已经很近了。”威利抬起手指和拇指，比了一个很小的缺口。他跟罗德克说了声再见，然后挂断了电话。

“我们到底有多少有利的线索？”艾伯特问威利。

“呃……并没有。”威利说。他低头看了一眼笔记本。“我们所有的线索都通向死胡同，”他继续说，“我们知道这种生物的手像个钩子，但很多动物的爪子都像钩子，甚至还可能是一只假手。我们知道这种动物会飞，但他也可能是使用了类似滑翔机这样的装置。我们知道他可以打开任何一扇门，包括伦敦眼上的吊舱门，但我们不确定他是怎么打开的。我们知道他可以把自己变成鬼魂，但我们还没有找到这个道具服。他能发出尖叫声，但我们不确定他是怎么发声的。”

“这很神秘。”艾伯特点点头。

“你一直在监控罗德克公司的所有演员？”威利问道。

“是的，”艾伯特说，“他们没有做任何可疑的事情。”

“你检查过我在舞台上发现的那块发光布料了吗？”威利问道。

“是的，它是用‘Glo-fix7’处理过的棉布，”艾伯特说，“‘Glo-fix7’是世界上荧光最强的化学物质。只有在实验室才能研制出这种化合物，但很多动物都有可能天然自带这种化合物。”

“目前来看……这又是一条死胡同。”威利说，“好吧，我们还有两条线索。罪犯和鸽子皮特交谈时，提到了卡特琳娜。你能查一下叫这个名字的动物的犯罪记录吗？”

“好的。”艾伯特说。

“最后是罪犯留下的酒店宣传册。你有没有调查过哈普古德酒店集团？”

艾伯特皱了皱眉头，在电脑上打开了一个界面，显示需要输入密码。“还没什么进展。他们电脑系统的安保等级非常高。我无法侵入他们的客户记录。我已经试过了书中记载的每种技巧。”

威利咧嘴笑了，问道：“每种技巧？”

艾伯特叹了口气，问：“你打算怎么办？”

“看，我们认为罪犯可能住在哈普古德的某家酒店内，而我没有任何别的线索。”

“对。”艾伯特说。

“所以，我打算去他们的酒店住一下，”威利说，“然后仔细查查。”

艾伯特皱着眉头问：“你不会做违法的事情吧，威利？”

威利从口袋里掏出一

副眼镜和一把假胡子，说：“当然不会，我只是试着换个新造型。”

他乔装打扮后，来到艾伯特实验室角落里的蹦床前。

他爬上蹦床，跳了一次、两次、三次。第三次反弹时，达到最佳弹性，蹦床就像火箭发射一样把威利直接弹了出去。他以闪电般的速度冲入一条幽暗的井道。即将来到井道顶部时，他拍了拍爪子，头顶上的井盖便打开了。他一跃而起，出现在一条废弃的小巷里，双脚正好落在一堆精心放置的纸板箱上。

他跨到地面上，说：“下次最好能跳过这里。”

他打开侦探手机，查找“哈普古德酒店总部”，看到地图上的一栋大楼旁边出现了一个红点，大约在酒店一千米以外。客人数据库肯定就在那栋大楼的某个地方，也许里面有那个鬼魂的名字。

* * *

走了十五分钟，正好九点，威利来到了哈普古德酒店的办公室。办公室已关门。他卸下伪装，敲了敲门，没有回应。

然后，他注意到了窗户上的一块广告牌。

威利心想，这些酒店显然是针对夜行动物的。所以他们的办公室晚上开门，早上关门。

想到这里，威利的脸上掠过一丝微笑。这意味着每个在这里工作的员工都还没来。

他沿着街道上下打量。有几只动物在道路的另一边聊天，除此之外，路上空空荡荡的。他拿出他的侦探手机，将它抵在门把手上。艾伯特为他开发了一款可以打开任何门锁的应用程序，其工作原理与磁体和光子有关。威利听到杠杆式弹子锁发出“咔嗒”一声，然后门打开了。

威利迅速躲进屋内，关上百叶窗，这样就不会有谁看见他了。然后，他开始工作。

首先是文件柜。里面全是财务文件，他没看到有任何明显可疑的东西。

然后，他查看了布告板。布告板顶部是一条横幅，上面写着“我们的团队”，下面贴着各种动物的照片。老板是蝙蝠巴塞——一只身穿闪亮斗篷、喜气洋洋的果蝠。老板的秘书是獾子布鲁诺，

他戴着一副大大的有色眼镜。财务总监是土豚阿琳，她的一只眼睛上戴着眼罩，下巴上有一道很深的疤痕。还有两名销售助理——豹猫奥斯卡和负鼠保罗。

当然，他们都是夜行动物。威利确信他以前在哪里见过土豚阿琳。威利拍下布告板上的照片，然后走到桌子旁边。

最上面的抽屉里有一张照片，上面贴着一张便利贴。

威利也拍下了这张便利贴的照片。

然后，他开始操作电脑。他尝试了所有常用的技术来绕过输入密码的界面，但都不起作用。艾伯特是对的，他们的安保系统是一流的。这对于军事基地和政府办公室而言很正常，但连锁酒店很少会使用这么高级别的安保。

不过，威利不打算放弃。“通常……通常……都会把自己的密码记录在某个地方。”他喃喃自语。

他环视了一下办公室的其他地方，看到了另一张照片。这是老板果蝠巴塞的油画，画中的他站在中间，一只翅膀搭在一个巨大的地球仪上。

威利心想，挂这种画的原因只有一个。他把画往一边滑，果不其然，画的后面有一个嵌在墙里的小保险箱。原来在这里！威利心想。他把侦探手机抵在密码锁上，锁上的旋钮先向左旋转，再向右旋转，然后一下子就打开了。保险箱里有一捆钞票和一本黑色的大书，书的第一页上有一张符号清单。

威利笑了。这是一套非常基础的代码。在和狡猾的雌狐交手的某一次查案中，他曾被吊在装满食人鲳的浴缸上方，不得不在五分钟之内破解一百零九个不同的密码。所以，这次的破译密码简直是雕虫小技。

在短短十五秒内，他就拿到了所有的电脑密码。他输入一个密码，打开了电脑，然后输入另一个密码，进入了酒店客人数据库。

屏幕上显示了数以百计的名字：雪貂、猫、懒猴、刺猬、仓鼠——世界上所有的夜行动物。

“艾伯特，”威利对着侦探手机说，“我现在把伦敦的客人名单发给你。你从当前住在伦敦的动物开始调查，再到上周住在这里的动物，然后再查一下欧洲的其他酒店。”

有几个名字映入了威利的眼帘——猫头鹰奥托、穿山甲帕齐、鸢卡斯珀。

“从有翅膀、爪子或两者兼有的动物开始查。”威利说。

“好的。”艾伯特说，“你现在马上离开那里，刚才十分钟，你大概已经违反了五十条法律。”

“没关系，”威利说，“谁也不会……”他直视前方，说话声音越来越小。啊！他怎么这么愚蠢?！他太专注于用自己的相机拍照了，以至于忘记了他们这里的摄像头。摄像头就在那里，在门的上方，径直指向他这里。

威利挪向左边，摄影头便稍微向左转动。威利挪向右边，摄像头便向右转动。这个摄像头装有运动传感器，肯定已经记录下了威利的每一个动作。

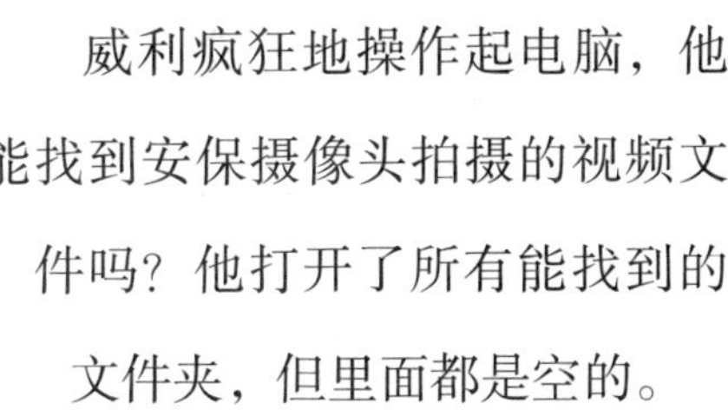

“艾伯特，”威利说，“我们可能遇到了一点儿小麻烦。”

“啊？”艾伯特说。

威利疯狂地操作起电脑，他能找到安保摄像头拍摄的视频文件吗？他打开了所有能找到的文件夹，但里面都是空的。

“只是……”威利喃喃自语。

“只是什么？”艾伯特问。

威利搜索创建于今天的

所有文件，终于找到了带有今天日期的视频文件。但当他试图删除时，弹出了一条消息："此操作仅会删除本地版本。"这是什么意思？威利点击"详细信息"按钮，发现所有安保文件都会备份到印度孟买和美国加利福尼亚州的远程服务器上。该死！到处都是副本，而且无法删除。

"呃，好吧，"威利继续说道，"工作人员今晚六点回到办公室时，可能会发现我来过这里。"

"怎么会？"艾伯特问道，声音里透露出惊慌。

"我……被摄像头拍到了。"

"威利！我告诉过你要小心！这简直是一场灾难啊！"

"我知道，我知道，"威利说，"但这只会让事情变得更有趣。这意味着，我们必须在今晚六点之前破案，不过，这是小菜一碟！"

"但是……但是……"艾伯特结结巴巴地说，"在犯罪数据库里比对这些名字，我需要一些时间。时间不够啊！"

威利绕着桌子走，他移动时，摄像头就一直跟着他转。

“你能行的，艾伯特，”威利说，“鬼魂很可能就在客人名单上。我要回实验室了。”

突然，威利听到“咔嗒”一声，办公室的门打开了。他立即躲到桌子后面。从桌子下面向外看，他看到了蝙蝠和土豚的脚。

“谢谢你提前过来，阿琳，”蝙蝠说，“我需要你帮忙制作新的酒店宣传册。”

“不客气，蝙蝠先生。”阿琳回答。

他们似乎是酒店老板蝙蝠巴塞和他的秘书土豚阿琳。

威利必须快点儿想办法脱身。他环顾四周，发现桌子下面有一个红色按钮：入侵警报器。

威利按下按钮，刺耳的警报声响起，天花板上的一盏灯开始闪烁。

“哦，不，我们一定是触发了警报器！”巴塞喊道。

当那两只动物忙于摆弄房间角落里的控制面板时，威利溜了出去。

“光天化日，入室盗窃。”他低声说着，来到了街上。

城堡惊魂

威利一边驾驶着悬挂式滑翔机飞越伦敦，一边用耳机与艾伯特通话。

“所以，现在留给我们破案的时间更少了。”艾伯特说道，听起来他比以往任何时候的压力都大。

“恐怕是的，”威利说，“他们看到那些安保视频后，会直接把它们交给警方。如果你告诉我，裘力斯和西比尔现在正赶往我们的办公室，我一点儿都不会惊讶。所以，我才没回总部。”

斗牛犬裘力斯侦探和松鼠西比尔警长在警侦与反间谍特别行动小组工作。裘力斯和威利相处得并不融洽——他们经常调查同一案件，而一般是威利先破案。

“你要去哪儿？”艾伯特问。

“这得看你查到了什么，”威利说，“酒店的客人有什么可疑之处吗？”

“还没有，”艾伯特说，“但到目前为止，我只检查了猛禽。”

“好吧，”威利说道，他正低头看着伦敦市中心，“那么卡特琳娜找到了吗？”

“我也一直在找她，”艾伯特说，“犯罪记录数据库中查不到这个名字。”

“哦。”威利喃喃自语。

威利驾驶着滑翔机穿过伦敦苏活区。他一路飞过华伦街和罗素广场。他突然想到一个问题，一些地名不是听起来也像动物名吗？没来过伦敦的动物有可能不知道“华伦”是指一个动物还是一个地方。

然后他开始思考皮特所说的话：罪犯要“打

电话给卡特琳娜”。威利在国外查案时，经常会说打电话给伦敦。

“艾伯特，”威利大声说，“假设卡特琳娜是一个地名呢？”

威利听到艾伯特在敲击电脑。

“你猜对了！”艾伯特说，“我给你发了一张照片。”

威利看了下他的手机，原来卡特琳娜是罗马尼亚的一座庄园城堡的名字。

“你看看这篇新闻报道。”艾伯特说。

布加勒斯特号角

卡特琳娜鬼魂出没

本报记者：狼维尼

卡特琳娜城堡是罗马尼亚最古老的建筑之一，目前已被售出。此前曾有骇人的食尸鬼在城堡里出没。上个月，贝尔巴托夫男爵和他的妻子奥尔加在城堡的主卧睡觉时，看到了那个鬼魂。奥尔加·贝尔巴托夫称：“那是一个裹着白布的身影，长着一双红色的眼睛，仿佛飘浮于地面之上。”男爵说鬼魂会发出刺耳的尖叫声。

“看起来，咱们的罪犯这次是故技重施啊，”威利说，“我想知道他要给那里的谁打电话。我想，是时候去趟罗马尼亚了。哈普古德办公室里发生的事情，让我无论如何都得离开镇上，出去避一避。”

“当然，威利。”艾伯特说。

“与此同时，你要继续调查那些酒店记录，”威利说，“我到了罗马尼亚后再给你打电话。”

“哦，是的，关于那个，”艾伯特说，“我本来不想告诉你的，但是……”

“什么事？”威利问道。

艾伯特叹了口气。“滑翔机的控制杆下面有一个紫色按钮，按两次这个按钮，你就能以声速飞行了。我还没有测试过，但是……”

“太棒了，艾伯特！”威利说，“我不在的时候，如果罗德克打来电话，你就告诉他可以开始卖星期六的演出门票了，帮我留一个前排的座位。”

威利摸到控制杆下面的按钮，按了两下。他以声速向前冲了出去，风把他的耳朵都给吹扁了。

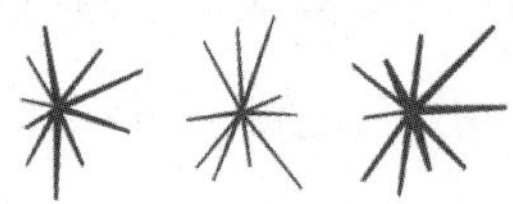

威利飞行时，脑子里不停地想着这个案件。他还没能把线索建立起清晰的关联——发光的涂料、爪子、能够打开所有门的鬼魂、某一种夜行动物，最重要的是，凶手对兔子罗德克有什么不满？威利希望能在卡特琳娜城堡找到答案。

当他向着卡特琳娜滑翔时，他看到城堡的三座塔楼高耸入云。他俯冲下去，期待能看到一座美丽的哥特式建筑。但钻到云层下后，他只看到城堡四周都架着脚手架。他飞得更近后，看到脚手架上绑着一条巨大的横幅，上面写着“危险！请勿靠近！”。

他降落在脚手架上，一只兔子的脑袋立即出现在了梯子顶端。

“对不起，伙计，”兔子说，“但你不能把你的奇妙装置停放在这里——这里是建筑工地。”

威利用夸张的美国口音说：“我真的很抱歉，先生。我是阿诺德·J. 丁格贝里三世，我正在罗马尼亚度假，本想进入这座城堡看看的。”

“哦，不行啊，”兔子说，“业主已经把它卖掉了。”

“这是为什么呢，先生？”

兔子吞咽了一口唾沫，回头看了看，然后说：“全都是因为那个鬼魂。而且售价极低，因为没有谁想买一座闹鬼的城堡。”

就在这时，梯子的顶端冒出了另一只兔子的头。他年纪较大，长着灰色的毛，一颗门牙上有个缺口。“你在和谁说话，瑞奇？你都说了什么？”老兔子大声嚷道。

“他只是个游客啦。”瑞奇急促地说。

“跟你说过多少次了？我们承诺过不会对外说出我们为什么会在这里。”

老兔子又抬头看着威利，说：“你得离开这里，永远别回来了。”

威利微微一鞠躬说：“哎呀，当然。”他驾驶滑翔机离开，然后降落在了城堡的另一边。

好吧，威利心想，我该怎么进去？我需要弄

清楚这里发生了什么事。

现在大概是下午四点，建筑工人可能很快就要回家了。他决定等他们离开后再进去。

他抬头看了看城堡，这里和伦敦格里芬剧院之间有什么联系吗？出现在这两栋建筑里的是不是同一个鬼魂？为什么？

没过半个小时，工人们都已经下班不见踪影。威利顺着脚手架往上爬，他找到一扇开着的窗户，爬了进去。

他记得那篇新闻报道里提到："贝尔巴托夫男爵和他的妻子奥尔加在城堡的主卧睡觉时，看到了那个鬼魂。"

他需要找到那间主卧，并寻找线索。

"真是棘（jí）手啊，"威利自言自语，"半个城堡都已经成了建筑工地。"

威利穿过一间旧餐厅，长餐桌上搁着一块布，有一面墙已被推倒。

威利打开房间尽头的双开门，来到了一间旧

书房，这里已经改造成了工头的办公室——里面放满了工具、工作服和文件。

威利注意到办公室中央的桌子上铺着几张大纸，那是建筑平面图，画着城堡施工前和施工后的样子。

“我要让艾伯特把这些数字和尺寸破译出来。”威利一边自言自语，一边把所有平面图拍了下来。

然后，他离开办公室，来到大厅，顺着宽阔的楼梯上了楼，打开了正前方的门。里面是一间卧室，卧室的一头放着一张四柱床，另一头是一个抽屉柜。

这就是那间主卧，威利心想。

他趴在地上寻找线索，一会儿嗅嗅空气，一会儿检查地毯。突然，他看到房间的角落里有什么东西在闪烁。他冲过去，看到抽屉柜下面有一小团布料，在黑暗中发着微弱的光。他把布料取出来后，布料就变成了黑色。这看起来和他在格里芬剧院发现的布料一模一样，艾伯特说这种布料在一种名叫“Glo-fix7”的荧光剂里浸泡过。

“多么诡异的巧合啊。”威利笑着说。

下一秒，他的笑容便消失了。

他身后传来一个严厉的声音：“举起手来！”。

威利迅速把手伸进口袋，掏出粒子冷冻枪，从两腿间朝后射出一枪。

然后他快速转过身来。

站在门口的是警侦组的裘力斯侦探，已经被冻得结结实实。

裘比斯的副手松鼠西比尔站在他面前。她突然笑了。

“威利！”她喊道，“你在罗马尼亚干什么呢？”

秘密通道

“西比尔！”威利喊道，“我也要问你呢。”

“之前，我们在布加勒斯特，”西比尔说，“调查一个线索，但毫无进展。然后我们接到一个电话，说连环杀手——疯狂大魔头弗拉德藏在卡特琳娜城堡里，他是罗马尼亚的头号通缉犯。我们正好在附近，所以决定过来看看。”

“这太奇怪了，”威利说，“肯定是我闯入时被建筑工人看到了。但他们为什么要撒谎说我是杀人犯？他们这么不顾一切地想要除掉我，也许是担心我会找到这座城堡与鬼魂之间的关联。”

“鬼魂？”西比尔说，“什么鬼魂？”威利向西比尔简单介绍了案情，然后他说："我在抽屉柜下面发现了荧光布料。现在我要寻找更多的线索，我要找出到底是谁在装神弄鬼。"

威利瞥了西比尔一眼，问道："要我把你的老大解冻吗？"

西比尔回头看了一眼，吓得跳了起来。

"天哪，我以为他只是有点儿安静，比如在生闷气。你对他做了什么？"

"没什么大不了的，"威利说，"我只是冻结了他体内的每一个粒子。"

他按下了解冻按钮。

当裘力斯开始解冻时，威利说："顺便问一下，西比尔，哈普古德酒店有联系过警侦组吗？"

西比尔一脸茫然，说："我没听说过。"

"他们没有报警说他们的办公室被非法侵入？"

西比尔拿出手机，查询了一番，然后说："没有。他们没有向任何警察机构报过案。你为什么这么问？"

“因为我闯入了他们的办公室，”威利说，“我很好奇他们为什么没有报案。”

这个案子的线索很多，威利知道这一切之间存在关联，但他还不知道它们是怎么联系在一起的。

裘力斯喊道：“该死的狐狸！”并朝威利扔了一个空油漆罐。

这突发事件打断了威利的思路，他抬手一挡，油漆罐反弹后击中了裘力斯的头部，被击倒的裘力斯一把抓住了一根床柱，在试图恢复平衡时转动了那根柱子。

只听他们身后的墙里面有“嘎吱，嘎吱”的声响。

“裘力斯，再来一次。”威利说。

裘力斯被他说得一脸疑惑。于是，威利走到床边，转动了那根床柱，房间另一头的墙上，一块门板随之打开。

威利看了看裘力斯，然后又看了看刚刚显露

出来的秘密通道。

“裘力斯!”他喊道，“你可能正好破了我的案子!”

“你的案子!”裘力斯喊道，“如果有案子需要侦破，那必须属于我。我要以非法侵入罪逮捕你。”

“有本事你来抓我呀。”威利说着，冲向了秘密通道。

西比尔追了上去。裘力斯试图跟上，但意识到自己的右腿还没有完全解冻，只得拖着他那硬邦邦的腿，拼命跑过去。

西比尔追上威利，说：“我真的应该逮捕你。”

威利笑了笑，拿出手电筒，照向暗处，说：“鬼魂一定是利用这些通道在城堡里四处躲藏的。”

他们在一根低矮的横梁下爬行，然后爬上一段狭窄的楼梯，来到了位于城堡最高的塔楼顶部的一个小房间。

威利看到房间里有衣服、文件和工具，咧嘴笑了。他将在这个房间的某处找到他想要的答案——那个鬼魂是谁？他为什么要在格里芬剧院装鬼？

威利更加仔细地查看起房间里的东西。有一面墙上装有钢环，这个房间以前是地牢吗？房间一角还有一根

金属横杆，两端用螺丝固定在墙上，距离地面大约有两米高。金属横杆下面有一条睡裤。

威利捡起睡裤查看时，发现裤脚缝有松紧带。这很奇怪，睡裤的松紧带通常都是装在腰部，而非裤脚。

“威利，这儿，”西比尔说，“这儿有一本通讯录，上面写满了记者的名字。”

威利念道：

犀牛罗伯托，《罗马纪事》：0777-3342-123

树懒塞尔吉奥，《布宜诺斯艾利斯日报》：0555-5656-565

狼维尼，《布加勒斯特号角》：0758-6222-334

鸽子皮特，《日报精选》：0888-2333-445

“狼维尼，”威利低声说，“关于城堡闹鬼的故事就是她写的。”

“但鬼魂为什么要将自己的所作所为告诉记者呢?”西比尔问道。

“而且,《罗马纪事》《布宜诺斯艾利斯日报》和此事有什么联系?”威利补充道。

威利走到窗前，脑袋嗡嗡作响。有什么联系呢？为什么我看不出事情的全貌?

他望向窗外，突然明白了一切。

那张照片!

山谷的另一边，有一座灯火通明的小镇。他掏出手机，翻出了他在哈普古德酒店办公室拍摄的宣传册照片。

“就是这个！”他喊道。

他给艾伯特打了电话。

“艾伯特，是我！”威利急切地说，“你查过哈普古德的所有客人了吗？”

“是的，但我什么都没发现。”

“别管那些客人了，”威利说，“查一下酒店的员工。”

“员工？”

“土豚阿琳、獾子布鲁诺等全部员工。他们的新宣传册的照片就是在这座城堡里拍的。”

威利和艾伯特说了声再见，挂断了电话。

“案件侦破了？”西比尔问道。

“差不多，”威利说，“我想我已经弄清楚罪犯为什么会在格里芬剧院闹鬼了。他想把它改造成一家酒店。兔子罗德克和田鼠弗拉米成了他的绊脚石。这和他在这里做过的事如出一辙。他在这座建筑里装鬼，让大家觉得这里被诅咒了。业主想要出售，但谁也不愿意买，最后以极低的价格卖给了哈普古德酒店。”

“但是，等等，”西比尔说，“这不是有点儿冒险吗？谁会想住在闹鬼的酒店呢？”

“夜行动物。”威利说。

“我不明白。”她说。

“他们不怕黑暗，对吧？”威利说，“他们恰恰喜欢黑暗。他们整晚不睡觉，所以知道根本没有鬼魂。闹过鬼的建筑，不会给他们带来困扰。”

这时，裘力斯出现了。

“好吧，狐狸，”他喊道，“给我个不砸你脑袋的理由。”

威利瞥了一眼裘力斯手里的瓶子，它在黑暗中发出微弱的光。

“裘力斯，你是在哪里找到它的？”

“还说是什么最伟大的侦探，”裘力斯冷笑道，

“这是在主卧一块隐蔽的门板内找到的，我当时拿它当手电筒用。”

“那瓶子上有没有写着什么？”威利问道。

裘力斯不情愿地把它举起来，看到上面的标签写着“Glo-fix7”。

“解开谜题的最后一块拼图找到了。”威利低声说。

“最后一块拼图？”裘力斯咆哮道，“那谜题是什么？罪犯在哪里？”

“罪犯在伦敦，”威利说，“在哈普古德酒店工作。”

“这个理由还不够充分，”裘力斯咆哮道，“你的鬼魂故事没有任何意义。”他把一只手铐扣在威利的手腕上，把另一只扣在了墙上悬挂着的一个金属环上，说：“现在你被捕了……这次你就给我这么待着。”

威利出逃

威利花了两个小时试图说服裘力斯放了他。他甚至说："我得赶在星期六之前抓住罪犯，否则我的客户就会破产。"

他还试着说："拜托了，裘力斯，我没有做错什么，我保证不会再把你冻成冰块。"

说什么都没用。裘力斯呼叫了一架警侦组直升机。直升机到达后，他们才会动身，威利只好趁此时机思考这个案子。他把在哈普古德酒店工作的动物全过了一遍，獾子、土豚、负鼠……最终，他疲惫难耐，打起了瞌睡。

突然，一股巨大的撞击将他震醒。

西比尔冲到窗户边，喊道："建筑工们来了，他们带来了一个破坏球！"随后又是一记撞击。"他们一定是要推倒这座塔楼！"

她对下面的建筑工喊话，但他们离得太远了，根本听不见。

"把我从墙上解开！"威利喊道。

"不可能，狐狸，"裘力斯说，"我可不会被你的把戏给骗了。"

"什么把戏?！"威利喊道，"塔楼就要倒了，他们不知道我们在这里！"

"你就好好待在那里，我去告诉那些建筑工。"裘力斯大声嚷道，沿着秘密通道飞奔而下。

威利转向西比尔，说："情况危急，他根本来不及的，你必须把我的手铐打开。"

西比尔回头，看看裘力斯是否走远了，然后拿出钥匙，解开了手铐。

威利把手铐放进口袋时，起重机再次猛击了塔楼，西比尔和威利摔倒在地。

“让我们来制止这一切。”威利说着，站了起来。

他跑到窗户边，掏出他的粒子冷冻枪，把枪口对准起重机内的动物。一道蓝色的亮光从枪管末端射出，但光束在半空中嘶嘶作响后便消逝了。

“离得太远了。”威利说。他把手伸进口袋，说：“好吧，这是我的第二个计划。我有一架滑翔机，但我觉得我们两个一起坐可能太重了。”

他把圆盘扔给西比尔，说：“你拿着它，按下中间的按钮，就能启用。”

西比尔低头看了看圆盘，再抬头看了看威利。“你不走，我也不走。”她说。

这时传来了震耳欲聋的撞击声，一块块灰泥从天花板上掉下来，威利和西比尔再次摔倒在地。

他们赶忙爬起来。“我估计再来一次就能把这塔楼推倒，”威利说，“我们没有时间了，你坐滑翔机，我试着跳下去。”

“不，”西比尔说，“我也要跳下去。”

“别傻了，”威利说，“两个一起摔断腿，这毫无意义。”

西比尔交叉双臂，说：“要么我俩都坐上滑翔机，要么我们一起跳下去。”

“你下定决心了？”威利问。

“我已经决定了。”西比尔说。

他俩都盯着窗外遥远的地面。

威利又瞥了一眼他的粒子冷冻枪。“我有个主意。”他说。

他把滑翔机圆盘伸出窗外，按下中间的按钮。就在破坏球击中塔楼的时候，他抓住西比尔的手，一起跳到了滑翔机上。塔楼开始坠落，滑翔机冲向地面，塔楼在他们身后轰然倒下。

“抓紧了！”威利说。

他把粒子冷冻枪转过来，使它对着身后，然后按下“解冻”。涌动的热空气就像冲击波，将滑翔机推向了天空。

他们一路上升，经过一脸困惑的起重机操作员，越过城堡周围的森林。

“裘力斯呢?”西比尔焦急地问道。

他们朝身后看了一眼，看到一只斗牛犬的头从废墟中冒了出来，正在大喊大叫。一个建筑工正试图把裘力斯拉出来，但又有一堆石头落下，再次

把他埋住了。

“他会没事的。”威利说。他按下粒子冷冻枪上的“解冻”按钮，释放出了更多的热空气，使他们飞得更高。

“回到伦敦要多久？”西比尔问道。

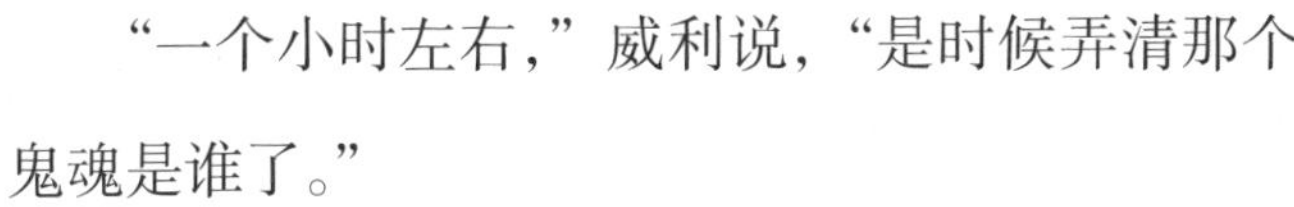

“一个小时左右，”威利说，“是时候弄清那个鬼魂是谁了。”

“我不得不说，”西比尔说，“我理解不了那些线索。古怪的睡裤、发光的化学物质，还有那个鬼魂的手是个爪子，他还会发出尖锐的叫声。很难看出这些线索有什么关联。”

“你刚才说什么？”威利问。

“我说，很难看出有什么关联。”

“很难看出……很难看出！……很难看出！当然啦！”他亲了亲西比尔的脸颊。

“这只动物看不见！”威利喊道，“他第一次

袭击我时，是借助拐杖四处移动的。我们知道他是夜行动物，他会飞，有爪子。然后固定在墙上的金属横杆，他的睡裤就在下面——那是他睡觉的地方……头朝下、脚朝上。西比尔，他是一只蝙蝠！”

威利立即给艾伯特打了电话。

“重点调查蝙蝠巴塞——哈普古德酒店的老板，”威利说，“查一下他来自哪里？他的身份是否属实？”

“好吧，但是为什么？”艾伯特问道。

“他是头号嫌疑犯，”威利说，“他在身上披着涂有荧光剂的布料，使自己看起来像个鬼魂。他用尖锐的尖叫来吓唬大家。然后，当大家都被吓跑时，他的连锁酒店就会买下这座建筑。他在卡特琳娜城堡这里这么做过，现在他试图在格里芬剧院故技重施！”

“听起来有可能。”艾伯特说。

“要么是他，要么就是另一只蝙蝠，”威利说，“但我觉得就是他。想想看，这也解释了他是如何打开这么多扇门的。之前，他在格里芬剧院进入过弗拉米的更衣室，后来他还走出了伦敦眼的吊舱。他肯定拥有一把能打开各种门的钥匙。酒店行业就需要万能钥匙。”

“好的，我去查一下他。”

“我们即将越过罗马尼亚边境，”威利说，“不到一个小时我们就能与你会合。”

他挂断电话，转身面对西比尔。

就在他正要说话的时候，他听到下方传来“嗖”的一声。他们正在一大片森林的上方。一群蝙蝠飞到了空中。

“该死！我们有伴儿了。”威利说。

“他们还有多久就会追上我们？”西比尔问道。

一只蝙蝠落在他们面前。“我们已经到了。”蝙蝠用浓重的罗马尼亚口音“嘶嘶”地说道。

“让我猜猜，”威利说，“你是巴塞的朋友？”

“你怎么知道的？”蝙蝠说，“他说你可能会出现。他昨晚接到一个电话，说有一只奇怪的狐狸，在他的房产卡特琳娜城堡那里。他报了警，但他觉得你可能会逃脱。他说：‘留意一只穿着棕色长外套的狐狸。’你果然来了。”

“巴塞是一个商人，”蝙蝠继续说，“通常，如果有谁妨碍他，他往往是警告他们或把他们吓跑。但是，他希望你永远消失。”

说到“永远”的时候，蝙蝠咧嘴笑了，露出了两颗尖牙。

“一只吸血蝙蝠。”西比尔颤抖着说。

蝙蝠迅速转向一边，用尖牙在威利的滑翔机

顶部撕开了一道口子。

风吹过，滑翔机开始剧烈摇晃。

“准备着陆。”蝙蝠发出嘶嘶声。

威利试图拿起他的粒子冷冻枪，但他的双手都得操纵滑翔机。

森林里的其他蝙蝠也已到达。其中一只飞快地掠过，在滑翔机的布料上又撕开了一道口子。威利和西比尔开始坠落。

蝙蝠们在他们的上方和下方盘旋，围成了一个圆圈，尖叫声不绝于耳。

为首的那只蝙蝠准备俯冲，想要给威利的滑翔机最后一击，但就在这时候，威利摸到了粒子冷冻枪，抓住枪把，身体转过来，对准那只蝙蝠开了一枪。一道蓝色的闪光掠过蝙蝠的肩膀。

“没打中。”领头的蝙蝠冷笑道。

“哦，不，我打中了。”威利说。

蝙蝠抬头一看，发现威利打中了他头顶上方

的云。云变成了巨大的冰块，在空中轰隆隆地坠落。当冰块击中蝙蝠首领和他的朋友们将他们砸落时，威利把滑翔机拉了起来。威利看着坠落的云团就像一盏巨大的吊灯，在地上摔得粉碎。

威利又向另两团云开了枪，这两团云也快速坠落，干掉了更多的蝙蝠。

滑翔机处在即将坠落的边缘，威利需要尽快修好它。但看起来，他们与蝙蝠的战斗还没有结束。

“威利，”西比尔说，“还有一只。”

威利看到一个小小的身影正露着獠牙，向他们急速靠近。

威利用他的粒子冷冻枪向那团身影射击，但是那只蝙蝠刚好躲开了。

“哎哟。”西比尔尖叫起来。一只蝙蝠紧紧抓住她的手臂，试图喝她的血！

威利猛击蝙蝠，把他打掉了，但西比尔脸色苍白，双手松开滑翔机，跌落了下去。

蝙蝠飞快地向威利飞来，他的尖牙闪闪发光，对准了威利的脖子。突然，威利想起他的口袋里还有裘力斯的手铐。他以迅雷不及掩耳之势将一只手铐扣在了蝙蝠的腿上，另一只扣在了横杆上。

蝙蝠愤怒地尖叫着。

威利松开了滑翔机。

“再见，吸血鬼。”

滑翔机向着地面俯冲，威利也在坠落。他可以看到西比尔在他下方。他把双臂紧贴在身体两侧，朝她俯冲而去。

几秒后，他追上她，抓住了她的腰。

她仍处于半昏迷状态，自言自语着。

他们正在向一个巨大的湖跌落。威利看到了一个瀑布，他扭动身体使自己和西比尔面向那个瀑布。他们再过几秒就将落入水中。

威利以闪电般的速度将粒子冷冻枪对准瀑布发射，将其变成了一个巨大的冰滑梯。冰顺着瀑布蔓延到湖面上，这里顿时变成了一个巨大的溜冰场。

威利环抱西比尔，准备好迎接冲击。他们“砰”的一声落在冰滑梯上，就像坐在世界上最快的雪橇上一样滑了下来。到达滑梯底部后，他们继续在巨大的冰面上飞速滑行。

威利看到一百米外，他的滑翔机——带着蝙蝠——坠入森林中央，传来一声巨大的“嘎吱”，然后是一声更大的撞击声。

这时西比尔醒了。

“这个案子很奇怪。”她说。

威利点了点头，说：“是的，全是蝙蝠。”

蝙蝠陷阱

一小时后，警侦组直升机抵达罗马尼亚，将他们接走。在回程中，西比尔极力说服裘力斯不要逮捕威利。

“他说的是实话，长官，”西比尔说，“蝙蝠巴塞是个大罪犯。”

“狐狸，我仍然不知道你要怎么才能证明这一点，”裘力斯说，“线索表明，有一只蝙蝠在城堡里闹鬼，但没有确切的证据表明他就是巴塞。”

“但是那些吸血蝙蝠……”西比尔开始说。

裘力斯打断了她，说：“你知道，我们需要指纹或 DNA，在法庭上才能有说服力。”

“如果罪犯自己供认罪行，怎么样?”威利问道。

裘力斯盯着威利，大声说道：“那样也行，我给你二十四个小时。”

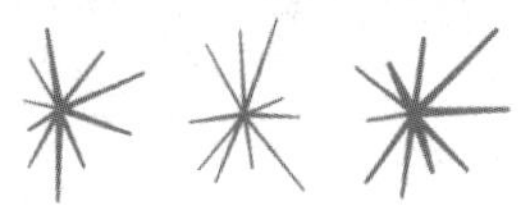

一回到伦敦，威利就立马赶往艾伯特的实验室，研究他收集的关于巴塞的所有信息。艾伯特在巨大的电子屏幕上展示着一张张照片、一个个文件。

“这就是他的生平故事?”威利问道。

艾伯特点了点头。

“巴塞从他父亲手中接管了哈普古德酒店。他的父亲是一位厉害角色，巴塞很尊敬他。”威利说着，将一张黑白照片放大，照片上是一只留着灰色大胡须的蝙蝠。“然后他结婚了，但他的妻子在半空中与一只茶隼相撞后身亡，这让巴塞既愤怒

又痛苦。”威利点开了一张年轻雌性蝙蝠的照片，她长着一双粉红色的大眼睛。

“他开始醉心于工作，”威利继续说，“他逐个击败竞争对手，包括他的老朋友野牛比利。比利在自己的最后一家酒店倒闭后因心碎而死。”这时屏幕上出现了野牛比利的照片。

“最后，巴塞想出了这个装神弄鬼的主意——

寻找可以改建为酒店的旧建筑，装鬼惊吓业主，通过记者传播这些建筑闹鬼的新闻，然后将房产低价买进。”

艾伯特说：“大概是这样。”

“艾伯特，我知道我们该怎么做，”威利说，“我们要以其人之道还治其人之身。”

“开一家酒店？”艾伯特问道。

“不，不是那样，”威利说，“让我们来玩转闹鬼把戏。”

威利给兔子罗德克打了视频电话。罗德克出现在银幕上后，威利向他解释了是谁在格里芬剧院闹鬼，以及为什么。

“现在，我们要向你的演员们证明这一点。”威利说。

“太棒了！”罗德克说。

“但我们也需要他们帮忙，”威利补充道，“请他们来演出有史以来最精彩的鬼故事。”

“太棒了，”罗德克说，“这个故事叫什么？”

“《装神弄鬼的蝙蝠巴塞》，”威利说，“田鼠弗拉米扮演巴塞父亲的鬼魂。沙鼠格洛丽亚扮演他妻子的鬼魂。我们还需要一些演员来扮演巴塞死去的朋友们。带上大量的化妆用品和舞台灯光。”

他把相关细节告诉罗德克后，挂断了电话。接下来，他开始乔装打扮——戴上一顶巨大的卷曲假发，在上唇贴上一条弯曲的小胡子。他打电话给哈普古德酒店总公司，土豚阿琳出现在了屏幕上。

威利用浓重的法国口音说：“我要和蝙蝠巴塞直接通话。”

“蝙蝠先生已经睡了，”阿琳说，“对他来说，现在是半夜。”

“这笔交易，能让他赚几百万英镑。”威利说。

阿琳消失了，三十秒后，巴塞戴着睡帽出现在屏幕上。

“好吧，你是谁？这到底是怎么回事？”巴塞打了个哈欠。

威利盯着巴塞看了几秒钟，终于和他的对手面对面了。和大多数果蝠一样，巴塞长着一双棕色的大眼睛，从某些角度能看到闪烁的红色。

“不！”威利大声说，“我不会隔着屏幕解释任何事情，我们见面谈。我在泰晤士河岸边有一片墓地，莱姆豪斯的圣约翰墓地，你知道吗？我想把它卖掉。”

巴塞怀疑地眯起了大眼睛。“这是个骗局。”他说。

“好吧。你不要的话，我就把它卖给梅里格林酒店。”

威利的这句话似乎奏效了，巴塞厌恶地咬紧牙齿。

“所以，”威利继续说，“今晚七点，到我的墓地来见我，带上五十万英镑，来或不来，你自己决定。”

威利挂断电话，扯下他的假发和小胡子。他确信他所说的足以让巴塞前往。是的，蝙蝠会觉得可疑，他可能会带上一两个朋友。但是，他会对这个陌生的法国商人很好奇，他不想错过这场世纪大买卖。

“带上所有摄像机，”威利对艾伯特说，“这将是一个难忘的夜晚。”

终幕

傍晚六点，落日余晖洒在泰晤士河岸边的圣约翰墓地上。威利站在地下室旁边，身边围满了《逃离恐怖庄园》的演员。他们全都装扮成了鬼魂、僵尸和骷髅。

兔子罗德克走上前，说："亲爱的各位，你们知道将要发生什么吗？"

"我们要好好吓一吓那个想吓唬我们的家伙！"田鼠弗拉米大声说道。

"我们要让他看看真正的演员是如何营造恐怖氛围的。"沙鼠格洛丽亚说。

罗德克咧嘴一笑，眼泪夺眶而出："没错。现在我不哭，我为你们大家感到骄傲。”

所有的演员互相拥抱。

威利清了清嗓子说：“嗯，咱们最好各就各位啦，他很快就到。”

“当然，狐狸先生。离开场还有两分钟！”

演员们四散开去，有的躲在墓碑后面，有的躲在灌木丛中。

威利打开侦探手机上的双筒望远镜应用程序，扫视了一下墓地。他看到艾伯特在一棵树上，正在架设摄像机。然后他看到，在那边的入口处，蝙蝠巴塞和土豚阿琳出现了。

威利打开耳机。艾伯特在很多地方都放置了麦克风，确保威利能够听见。

“您认为这事是真的吗，先生？”阿琳问。

“我不确定，”巴塞说，“但如果是真的，我们就发财了。这片墓地就在泰晤士河岸边，如果在这里建起大酒店，必定非常壮观。”

“您不怀疑这可能和那个狐狸侦探有关吗？”

“哦，我是怀疑过他，”巴塞说，“但我敢肯定，我的堂兄弗拉德已经在罗马尼亚把他收拾了。”

威利发出一声像猫头鹰一样的叫声。这是在提示罗德克演出开始。

田鼠弗拉米从蝙蝠巴塞面前的一座坟墓里走了出来。他装扮成巴塞的父亲，身披大斗篷，脸上戴着大胡子。

“巴塞，”他哭着说，“你都干了些什么……”

“爸……爸爸？”吓了一大跳的蝙蝠巴塞急促不安地说着向后退了一步。

阿琳抓住巴塞的胳膊。

“我一向诚实经营，并为此感到自豪，”弗拉米说，“但是你，却把动物们吓得魂不附体，然后低价买走他们的房产。”

“但是，我想让你为我感到骄傲，”巴塞说，“所以尽可能把生意做大。”

“我才不想要那种成功，”弗拉米说，“你让我感到羞愧。”

身旁的灌木丛里藏着一台先进的烟雾机，弗拉米按下遥控器，烟雾机喷出滚滚浓雾，看起来，弗拉米好像就这么消失了。

巴塞似乎重新振作了精神，说：“我在想什么呢？”他跑进坟墓，但那里一个影子也没有。

“我确信，那是一个演员，”他说，“我自己也玩过这样的把戏。”

阿琳看起来很害怕，说：“你确定那不是鬼魂吗？他是什么意思？他说你以低价买走房产？”

“这都是谎言，”巴塞说，“我确信，那不是我父亲的鬼魂。快点儿，我们得走了。”

但当他走向出口时，沙鼠格洛丽亚挡住了他的去路，格洛丽亚装扮成了巴塞妻子的鬼魂。

“穆……穆里尔……”巴塞喃喃道。但这一次，与其说害怕，不如说很生气，巴塞跑到格洛丽亚面前，试图抓住她，并怒吼道：“这是骗局!”

但他的手在空中直接划过。其实，他看见的是格洛丽亚的全息投影，是由一台精心架设的投影仪投射出来的。她本人实际站在全息影像旁边的一棵树后面。

“你曾经那么善良，”格洛丽亚说，“是什么使你变得如此残忍？”

“我尽量不去做残忍的事，”巴塞结结巴巴地

说，好像有点儿恍惚，“我并没有伤害谁，我只是吓唬他们，然后买下他们的土地。”

“你最好跟我一起来。”格洛丽亚一边呜咽着说，一边伸出双臂。

现在，巴塞被吓坏了。他低声对阿琳说：“快跑。”

阿琳一听，尖叫着冲出了墓地，消失不见了。巴塞试图飞走，但他惊吓过度，连翅膀都不听使唤。然后，他试图冲上前去推开鬼魂，但他径直穿过鬼魂，倒在了地上。

“现在，跟我来。”格洛丽亚继续说。

巴塞终于拍打翅膀飞起来了。但是，当他飞离地面时，看到很多鬼魂从一个个坟墓里涌了出来——他的老朋友、曾经的家人、老对手。他们一个个举着双臂，呜咽着，向他逼近。

巴塞停止拍打翅膀，于是像块石头一样掉落在地。

威利摘下耳机，在脸上蒙上一层白色的面纱，向巴塞走去。巴塞站在那里，已经吓得浑身僵硬。威利即时扔出一枚烟幕弹，让自己看起来就像是站在一团袅袅升腾的迷雾中。

“我是狐狸威利的鬼魂，”威利说，“你的堂兄在罗马尼亚的森林里将我杀害。我是来复仇的。”

这是压垮巴塞的最后一根稻草。他展开翅膀，迅速起飞。但身后还有九个鬼魂在追他，他没法

摆脱，只能尖叫着，呜咽着。这是罗德克的最后一招，他带来了话剧《彼得·潘》中的道具——喷气背包。背着这种背包的演员都伸出双手，朝着巴塞飞去。

威利跑到河边，西比尔和裘力斯在一艘警侦组快艇上等候着。

“看来你收到我的消息了？”威利跳上快艇问道。

“是的。”西比尔说。

“试着把快艇停在巴塞的下方，”威利说，“他随时都可能掉下来。”

巴塞在他们上空疯狂地拍打着翅膀，像弹球一样撞上一幢幢建筑和一座座桥梁。他先是撞上了伦敦塔桥，然后弹起又撞向伦敦塔。他撞上了叛徒门，然后再次弹起，他加速飞向伦敦桥，撞上了碎片大厦，然后扑向圣保罗大教堂，撞碎了那里的圆顶。一路上，装扮成食尸鬼的演员们始终跟在他身后哀号着。

最后，巴塞晕晕乎乎地飞越泰晤士河，尽可能飞高，却撞上了泰特现代美术馆那高高的烟囱，朝着泰晤士河翻滚落下，威利和警侦组快艇正等在那里，准备抓他。

巴塞重重地落在威利的脚边时，威利说："裘力斯、西比尔，赶快鞠躬谢幕。"。

＊＊＊

威利站在办公室里，感觉很不舒服，因为兔子罗德克紧紧地抱着他。

“好吧，可以松开了。”威利说。

“今晚的演出，票都卖光啦！”罗德克继续抱着威利说，“我的这部剧将大获成功！”

“我只是做了我该做的事。”威利说，最后他决定把罗德克的手臂从他的腰上拿开。

“我想这也是你做的吧。”罗德克一边说，一边递给威利一份报纸。

威利拿着报纸看了起来。

报道中详细分析了这次的案件。

罗德克咧嘴笑着说：“我猜，是你给鸽子皮特提供了独家新闻。”

“嗯……我向他透露了一些情况。”威利说。

“那为什么报道里没有提到你呢？”罗德克问，

罪犯蝙蝠在夺命追逐中落网

本报记者：鸽子皮特

警侦组昨晚在泰晤士河追捕军都的罪犯——蝙蝠巴塞，上演了惊心动魄的场面。

在上一场《逃离恐怖庄园》的演出中，这只蝙蝠假装成鬼魂，并散布格里芬剧院闹鬼的假消息。现在，这部精彩的话剧作品将再次开演。蝙蝠的目的是把剧院里的所有观众都吓跑，然后，这个唯利是图的夜行动物便能以超低价格买下这片土地，用来建造高级酒店。

“难道你不想成为万众瞩目的焦点吗？”

威利耸耸肩，说：“我最好还是躲得远远的，躲在暗处。”

“你知道你让我想起了什么吗？”

“什么？”威利问。

罗德克笑了，说：“一个鬼魂。”